mai 1889

Vente des Mercredi 1er et Jeudi 2 Mai 1889

HÔTEL DROUOT, SALLE N° 3

à deux heures

OBJETS D'ART

ET DE

BEL AMEUBLEMENT

BIJOUX, OBJETS DE VITRINE

TABLEAUX ANCIENS

Tapisseries — Tentures — Étoffes

Me ESCRIBE
COMMISSAIRE-PRISEUR
6, rue de Hanovre, 6.

M. A. BLOCHE
EXPERT
25, rue de Chateaudun, 25.

EXPOSITION PUBLIQUE

LE MARDI 30 AVRIL 1889

DE 2 HEURES À 6 HEURES

CATALOGUE

DES

OBJETS D'ART

ET DE BEL AMEUBLEMENT

Époques et styles

LOUIS XIV, LOUIS XV ET LOUIS XVI

Porcelaines, Faïences italiennes, Bronzes, Sculptures, Marbres
Bijoux, Monnaies, Miniatures, Bonbonnières

TABLEAUX ANCIENS

ET MODERNES

BEAU MEUBLE DE SALON EN TAPISSERIE LOUIS XVI

Tables, Bureaux, Sièges, Crédences, Coffres, Consoles
Cabinets, Ameublements de chambre à coucher et boudoir, Armoires, Vitrines
Piano de Gervex

Anciennes Tapisseries, Tentures, Étoffes brodées et brochées

Objets divers

DONT LA VENTE AURA LIEU

HOTEL DROUOT, SALLE N° 3

Les Mercredi 1er et Jeudi 2 Mai 1889

A DEUX HEURES

Par le Ministère de **Me ESCRIBE**, commissaire-priseur
6, rue de Hanovre, 6

Assisté de **M. A. BLOCHE**, expert
25, rue de Chateaudun, 25

Chez lesquels se trouve le Catalogue

EXPOSITION PUBLIQUE

LE MARDI 30 AVRIL 1889

DE DEUX HEURES A SIX HEURES

CONDITIONS DE LA VENTE

Elle sera faite *expressément* au comptant.

Les Acquéreurs payeront CINQ POUR CENT en sus des adjudications, applicables aux frais de la vente.

L'Exposition mettant les acquéreurs à même de se rendre compte de l'état et de la nature des objets, il ne sera admis aucune réclamation une fois l'adjudication prononcée.

Paris. — Imp. de l'Art, E. MÉNARD et Cie, 41, rue de la Victoire.

DÉSIGNATION DES OBJETS

DIAMANTS, BIJOUX

MONNAIES, OBJETS DE VITRINE

1 — Paire de boutons d'oreilles : brillants solitaires.

2 — Bague en brillants.

3 — Paire de boutons d'oreilles : perles entourées de brillants.

4 — Bracelet enrichi de brillants.

5 — Bracelet enrichi de perles et de brillants.

6 — Bague en saphir et brillants.

7 — Broche de fantaisie en brillants et roses.

8 — Bague en perle et brillants.

9 à 11 — Intéressante collection de quarante-trois bagues anciennes en or, ornées de camées et d'intailles sur pierres précieuses. (Sera divisé.)

12 — Médaille en argent doré à l'effigie de l'empereur Maximilien Frédéric III et de l'impératrice Maria. XVIe siècle.

13 à 18 — Douze pièces de monnais ancienne, or et argent doré. (Sera divisé.)

19 — Joli broche-pendentif, forme branche de clochettes, tout en roses montées à jour. Peut former également ornement de coiffure.

20 — Bague mi-jonc en or mat, enrichie d'un œil-de-chat et de deux brillants.

21 — Jolie miniature ovale sur ivoire : Portrait de la duchesse de Buckingham. Cadre cuivre à filet d'émail bleu.

22 — Miniature sur ivoire : Portrait de la vicomtesse de Virieu.

23 — Miniature sur ivoire : Portrait de la princesse Charlotte d'Orléans.

24 — Deux miniatures rondes sur ivoire : Portraits de femmes en costumes Médicis.

25 — Miniature ovale sur ivoire : Portrait d'une reine en costume de cour.

26 — Trois miniatures ovales sur ivoire : Portraits de femmes en costumes Louis XVI, coiffées de chapeaux à panaches.

27 — Miniature ovale sur ivoire : Portrait de femme en costume Louis XV.

28 — Miniature ronde : Portrait de la duchesse de Montpensier.

29 — Miniature ovale : Portrait de dame, coiffée à la Lamballe.

30 — Miniature sur ivoire : Portrait de dame en robe bleue, coiffée à la poudre, avec grand chapeau.

31 — Miniature ovale sur ivoire : Portrait de Mme de Montesson, en costume violet.

32 — Bonbonnière ronde en ivoire, ornée sur le couvercle d'une miniature d'après Fragonard : *le Duo.*

33 — Bonbonnière en ivoire, avec miniature représentant *la Jeunesse conseillée par l'Amour.*

34 — Bonbonnière Louis XVI en ivoire, avec fixé : sujet champêtre, d'après Berghem.

35 — Bonbonnière en ivoire, avec miniature : Femme couchée.

36 — Bonbonnière ronde, monture cloutée, avec émail peint, à sujet champêtre sur le couvercle.

37 — Étui à flacons en vernis Martin, fond d'or, décor : Scènes enfantines et fleurs. Époque Louis XVI.

38 — Montre en émail, sujet champêtre sur le boîtier. Époque Louis XV.

39 — Joli petit recueil de chansons, avec calendrier de 1807, orné de gravures en couleur, reliure en faille blanche brodée à paillettes, ornée de miniatures : *Jeux d'enfants*. Avec son étui.

40 — Émail allemand, genre Limoges : Portrait d'homme en costume Louis XIV. Cadre bois sculpté.

41 — Très jolie miniature du temps de Louis XVI, représentant une jeune femme dans un parc.

Une rose dans les cheveux, un tablier blanc devant elle, elle tient une corbeille remplie de roses et autres fleurs. Cadre à perles en bronze.

42 — Boite en porcelaine de Saxe, décorée de sujets guerriers en camaïeu.

43 — Boite en porcelaine d'Allemagne, décorée de médaillons à personnages. Monture en argent doré.

44 — Miniature : Portrait de jeune femme.

45 — Miniature : Portrait de femme. Époque premier Empire.

46 — Étrennes mignonnes pour l'an de N. Seigneur 1782. Très petit volume, reliure gravée de filigrane et ornée de deux sujets peints en camaïeu.

47 — Petit poignard avec fourreau et manche garnis en or.

PORCELAINES, FAIENCES

48 — Très beau vase en forme de gourde, à panse aplatie, en porcelaine de Chine de la famille verte. La panse est décorée, sur chaque face, d'un médaillon rond représentant des personnages dans un jardin.

49 — Trois vases cylindriques de Castel-Durante, décor à plantes, fleurs, palmes et médaillons : bustes de personnages. XVIe siècle.

50 — Vase de Savone, forme fontaine, à mascaron en relief et anses têtes d'aigles, en bleu avec banderole à inscription. XVIIe siècle.

51 — Vase de Faenza, décor en relief à guirlandes, feuillages avec mascarons et rocailles, anses à ornements. XVIIIe siècle.

52 — Grosse buire de pharmacie de Savone, décor bleu.

53 — Deux cornets de Castel-Durante, décor : bustes de personnages, palmes et feuillages.

54 — Huit plats de diverses fabriques d'Italie.

55 — Douze assiettes de Milan, décor à fleurs, bords gaufrés.

56 — Douze assiettes de faïences diverses.

57 — Trois bénitiers en faïence italienne, avec décor à figures en relief.

58 — Deux vases de Castelli, décor à paysages.

SCULPTURES

59 — Très belle statuette en marbre : *Ondine*, de *Mathurin Moreau*.

60 — Jolie statuette en marbre : *la Paysanne*, de *Henri Plé*.

61 — Très joli buste de jeune femme, gracieusement drapée : sculpture sur marbre de *Boéro*.

62 — Deux statuettes en ivoire sculpté : Vénus et Antinoüs.

63 — Groupe ivoire : Jeune Femme et amour

BRONZES, FERS

64 — Paire de bras-appliques à deux lumières, en bronze ciselé et doré, formés chacun par une figure (Minerve et Mars) se terminant en gaine bronze et bronze doré. Style Louis XV.

65 — Statuette de Cérès, en bronze.

66 — Chandelier à trépied en fer.

67 — Ancien coffre en fer, décoré de peintures.

68 — Deux candélabres à quatre lumières, en cuivre repoussé, ciselé et argenté. Époque Louis XIII.

69 — Deux chenets en bronze doré, modèle vases. Louis XVI.

70 — Deux grands chenets en bronze doré Louis XVI, modèle vases et guirlandes.

71 — Statuette en bronze : *le Chanteur florentin*.

72 — Groupe en bronze, de Carlier : *A la Fontaine*.

73 — Grande statuette de *Mercure*, en bronze.

74 — Chien lévrier en bronze, de Chemin.

75 — Surtout de table composé de trois pièces en bronze doré, modèle enfants portant des corbeilles.

76 — Garniture de cheminée en bronze. Style Renaissance.

77 — Pendule en bronze ciselé et doré. Style Louis XVI.

78 — Statuette en bronze : *le Marin naufragé.*

79 — Paire d'appliques à quatre lumières, formées par des cariatides de femmes, en bronze doré.

80 — Groupe en bronze : Lièvre et lévrier. Signé Barye.

81 — Pendule Louis XIV, en écaille noire et marqueterie. Style de Boule.

82 — Paire de flambeaux en bronze doré, décor à feuilles d'eau. Époque Louis XVI.

83 — Deux lévriers en bronze Louis XVI, sur socles en bronze doré.

84 — Petit buste de Diane de Poitiers, en bronze.

85 — Deux petites statuettes : Porte-balles, sur socles en bronze doré. Époque Louis XVI.

86 — Statuette en bronze : la Musique. Signé, G. Godfrin ; sur socle en peluche rouge.

87 — Deux candélabres en bronze doré, à huit lumières, supportés par des figurines de femme en bronze poli ; terrasses en bronze doré.

88 — Deux petites cassolettes en bronze, formant flambeaux.

89 — Deux bouts de table en bronze, à trois lumières. Style Louis XIV.

MOBILIER

90 — Beau meuble de salon du temps de Louis XVI, en bois sculpté laqué noir rehaussé d'or, recouvert en fine tapisserie de l'époque, représentant des scènes d'enfants, des animaux et des sujets allégoriques aux Fables de La Fontaine, entourés dans des guirlandes de fleurs contournant des draperies formant encadrement. Ce meuble se compose d'un canapé, six fauteuils et six chaises.

91 — Deux fauteuils en bois sculpté et doré, du temps de Louis XVI, recouverts en fine tapisserie de l'époque, à médaillons représentant des animaux divers.

92 — Meuble à deux corps, le haut à deux vantaux, en bois sculpté et marqueterie, le bas en ivoire et deux colonnes forme balustre. Style Renaissance.

93 — Étagère en peluche et soierie.

94 — Petit paravent à cinq feuilles.

95 — Meuble crédence en bois sculpté, du XVIIIe siècle, le bas à deux colonnes et deux tiroirs et le haut à trois vantaux.

96 — Ancien coffre, décoré de sculptures et de moulures.

97 — Bidet en bois sculpté, Louis XV, dossier et fond canné, coussin en ancienne tapisserie : cuvette en faïence de Rouen.

98 — Meuble fontainier en bois sculpté et marqueterie, garni de sa fontaine et son bassin. XVIIe siècle.

99 — Siège d'antichambre formant armoire, en bois sculpté. Renaissance.

100 — Table Louis XIII, à pieds tors.

101 — Étagère d'applique en bois sculpté. Style Louis XV.

102 — Fauteuil à dossier sculpté. XVIIe siècle.

103 — Fauteuil en bois sculpté, rehaussé d'or, du temps de Louis XIV, recouvert en velours rouge frappé.

104 — Fauteuil prie-Dieu en bois sculpté, du temps de Louis XIII, garni en tapisserie au point et broderie.

105 — Petite banquette en bois sculpté, style Louis XIV, couverte en velours de Gênes.

106 — Chaise en noyer sculpté, style Louis XIV, dossier et fond garnis de canne dorée, coussin en peluche.

107 — Jolie table en bois des Iles, ornée de fines incrustations de burgau.

108 — Bureau à dos d'âne, en bois de palissandre. Époque Louis XV.

109 — Bureau plat en bois de violette. Époque Louis XV.

110 — Deux fauteuils non couverts. Époque Louis XIV.

111 — Grand écran garni d'un panneau en tapisserie au point, à personnages. Époque Louis XIV.

112 — Table à ouvrage en acajou, ornée de bronzes dorés. Louis XVI.

113 — Ameublement de chambre à coucher en bois laqué, composé d'un lit de milieu, d'une armoire à glace, une table guéridon, une table de nuit et deux chaises.

114 — Grande et belle armoire bonnetière, en bois peint, dans le genre de vernis Martin.

115 — Grande et belle vitrine en bois de rose et marqueterie, ornée de bronzes. Style Louis XVI.

116 — Joli ameublement de chambre à coucher, en palissandre ciré, composé d'un lit avec sa literie, une armoire à glace, un chiffonnier, une table de nuit.

117 — Couvre-lit en satin brodé.

118 — Quatre tapisseries verdures, formant portières, entourées de panne.

119 — Paire de rideaux en panne bleue.

120 — Grande coupe en porcelaine de Chine ; monture en bronze.

121 — Très jolie petite console en bois sculpté et doré ; dessus en marbre brèche violette. Style Louis XIV.

122 — Petite table, forme demi-lune, en laque de Chine avec incrustations en relief.

123 — Belle table de milieu en bois sculpté et doré, dessus en marbre brèche violette. Style Louis XIV.

124 — Deux fauteuils en bois sculpté et doré, couverts en velours de Gênes, fond vieil or, à bouquets de fleurs détachées.

125 — Canapé et deux fauteuils en noyer et canné or. Style Louis XVI.

126 — Table de salon en marqueterie ivoire. Travail italien.

127 — Support en bois sculpté formé par une cariatide de femme ailée.

128 — Jolie petite vitrine en bois d'acajou, à filets de cuivre, galerie en cuivre à jour.

129 — Meuble d'appui en bois noir et ivoire. Travail italien.

130 — Ameublement de salon en noyer sculpté, composé d'un canapé, un fauteuil et quatre chaises, couverts en moquette, décor polychrome, fond noir. Louis XIII.

131 — Fauteuil en bois sculpté et doré, couvert en velours de Gênes, fond crème. Style Louis XVI.

132 — Deux fauteuils en bois de noyer, couverts en velours de Gênes, fond crème, à vases de fleurs en rouge.

133 — Charmante petite causeuse en bois sculpté, couverte en soierie, fond rose, à bouquets de fleurs. Style Louis XV.

134 — Deux chaises légères en bois sculpté et doré, couvertes en velours de Gênes. Style Louis XVI.

135 à 142 — Huit coussins en soierie, peluche et satin. Seront vendus séparément.

143 — Tapis de table en soierie brodée.

144 — Piano en palissandre de Gervex.

145 — Dessus de piano en broderie et satin.

146 — Commode en laque de Chine, fond vert à rehauts d'or, avec appliques en bronze poli ; dessus en marbre. Style Louis XVI.

147 — Ameublement de salle à manger en noyer ciré et sculpté, composé d'un grand buffet à trois portes, un dressoir, une grande table et dix chaises couvertes en cuir.

148 — Bureau avec nombreux tiroirs, en partie du temps de Louis XIII.

TAPISSERIES, ETOFFES, TENTURES

149 — Jolie tapisserie ancienne, à sujet champêtre.

150 — Trois très belles chapes et divers autres accessoires d'ornements sacerdotaux en soie blanche, brodée en soie de couleur et en fin. Époque Louis XIII.

151 — Pente en tapisserie de la Renaissance, représentant une scène galante sous un bosquet, des fleurs et des objets décoratifs.

152 — Grande tapisserie des Flandres : *Verdure*, animée d'oiseaux, avec bordure.

153 — Deux portières en tapisserie d'Aubusson, à personnages, avec bordures.

154 — Panneau en tapisserie d'Aubusson, à personnages, avec bordures.

155 — Tapisserie verdure avec bordure sur trois côtés.

156 — Panneau en tapisserie verdure.

157 — Couvre-pied en satin havane broché. Époque Louis XV.

158 — Couvre-pied en guipure et crochet, avec entredeux et bordure. Travail ancien.

159 — Bandeau en broderie : Médaillon à oiseaux, fleurs et feuillages. Époque Louis XIII.

160 — Grand couvre-pied en satin marron, broché à fleurs, orné d'applications en ancienne broderie.

161 — Robe en soie rose pâle, brodée à fleurs et festons en soie et à paillettes. Époque Louis XVI.

162 — Châle en cachemire gris clair, brodé à bouquets de fleurs et grands ramages, bordé d'effilé.

163 — Écharpe en ancienne brocatelle rouge.

164 — Devant d'autel en ancien brocart crème, broché à fleurs. Époque Louis XIV.

165 — Écharpe en brocatelle légère, fond vert, tissage métallique.

166 — Morceau carré de soie bleu clair, brochée à fleurs. Louis XV.

167 — Grande robe en satin blanc brodé à fleurs et branchages, Louis XV, piqué et molletonné.

168 — Tablier analogue.

169 — Couvre-pied en brocatelle verte, dessin blanc. Louis XV.

170 — Grand panneau de tenture en étoffe rouge damassée.

171 — Grand panneau de tenture en satin multicolore, rayé et broché à fleurs.

172 — Bandeau en brocatelle bleue, dessin à feuillages verts.

173 — Cinq pièces : garniture d'autel et chasuble fond bleu, richement brodée à fleurs et rinceaux. Époque Louis XIII.

174 — Devant d'autel en faille crème, brodée à fleurs, en soie et paillettes d'argent. Époque Louis XVI.

175 — Chape, deux dalmatiques et une chasuble en satin crème broché et richement brodé d'argent. Époque Louis XVI.

176 — Robe en mousseline brodée à palmes et guirlandes de soie. Louis XVI.

177 — Beau devant d'autel en tapisserie au point, représentant des médaillons à figure de saint, de fleurs et des ornements. Époque Louis XIII.

178 — Coffret en étoffe brochée.

TABLEAUX

BONINGTON
(RICHARD PARKES)

179 — *Deux Personnages sur une terrasse.*

Aquarelle.

BONINGTON
(RICHARD PARKES)

180 — *Une Route avec charrette; effet de neige.*

BONINGTON
(RICHARD PARKES)

181 — *Port de mer.*

BONINGTON
(RICHARD PARKES)

182 — *Une Rue en Normandie.*

BOUCHER
École de

183 — *Groupe de quatre amours en grisaille.*

Dessus de portes.

BOULANGER
(GUSTAVE)

184 — *Promenade dans le jardin.*

Étude peinte.
Composition de dix figures.

185 — *Trois figures d'Arabes.*

Étude à la sanguine.

186 — *Deux figures de femmes.*

Étude à la sanguine.

187 — *Groupe de deux figures pour une composition décorative.*

BOURGOGNE
(École de)

188 — *Petit Portrait en buste de Philippe, roi d'Espagne et d'Autriche.*

BREDAEL
(CH.)

189 — *L'Attaque d'un château fort.*

190 — *Choc de cavalerie sur un pont.*

COUTURE
(THOMAS)

191 — *Son Portrait.*

DAVID

192 — *Portrait de Mlle de Laville-Leroux, tenant d'une main un crayon et de l'autre un dessin.*

DEMARNE

193 — *Scène pastorale ; effet de soleil couchant.*

Cadre sculpté.

DETAILLE

(D'après)

194 — *Soldats en reconnaissance.*

Fac-similé.

DIETRICH

195 — *Scènes de l'Histoire de Don Quichotte.*

Deux gracieuses compositions à nombreux personnages se faisant pendants.

DUJARDIN

(KAREL)

196 — *Paysage avec rue de village, traversé par un cours d'eau, animé de figures et d'animaux.*

FRANCO

(L.)

197 — *Cour de ferme animée de personnages et d'animaux.*

GRIMOUX

198 — *Jeune Femme en costume italien, tenant une bouteille tressée de paille d'une main et un verre de l'autre.*

GUARDI

199 — *Le Pont des Soupirs, à Venise.*

HOBBÉMA

Attribué à

200 — *Beau paysage boisé avec vue de village, arrosé par un cours d'eau, animé de personnages : bergers, bergères conduisant des troupeaux, et paysans causant ou pêchant à la ligne.*

HUET

201 — *Berger et Bergère.*

202 — *Scène pastorale.*

Deux beaux tableaux se faisant pendants.

LAMY

(EUGÈNE)

203 — *Soldats attablés.*

Aquarelle.

LARGILLIÈRE

(Attribué à)

204 — *Portrait de femme en riche costume de la Régence, brodé d'or, manteau rouge.*

Superbe cadre ovale ancien en bois sculpté.

LEMOINE

205 — *Diane découvrant la grossesse de Calisto.*

Cadre en bois sculpté.

LÉPICIÉ

206 — *La Demande en mariage.*

Beau dessin plume et sépia.

MAINCENT

(GUSTAVE)

207 — *Paysage animé de figures.*

MANGINI

208 — *Modèle attendant la séance.*

MARTIN

(Attribué à BAPTISTE)

209 — *Vase de fleurs.*

MEMLINC

(Attribué à HANS)

210 — *Très beau portrait de femme en religieuse.*

Robe noire, coiffe blanche.

Œuvre d'un grand caractère et remarquable par la finesse de touche.

MICHAU

(T.)

211 — *Le Retour de la moisson.*

Signé à gauche.

212 — *Le Retour du marché.*

Signé à gauche.

Cadres en bois sculpté de l'époque.

Ces deux tableaux forment pendants.

RAGUENET

213 — *Ancienne Vue de Paris, prise du pont Royal.*

REMBRANDT

École de

214 — *Portrait d'un vieillard à barbe blanche.*

SAUNIÈRE

(A.)

215 — *Soldats en promenade.*

Deux aquarelles.

SCHEFFER

(ARY)

216 — *Bataille de Moncontour.*

TÉNIERS

(Attribué à DAVID)

217 — *Les Fumeurs.*

Joli tableau.

TIÉPOLO

218 — *Bacchanale d'amours.*

Grisaille.

VAN ARTOIS ET TÉNIERS

219 — *Paysage montagneux, avec figures de Téniers.*

Cadre sculpté.

VAN DER POL

220 — *Incendie d'une maison.*

Composition de nombreuses figures ; effet de lumière.

VAN DYCK

(PHILIPPE)

221 — *La Sortie du bain.*

Cadre en bois sculpté.

VAN LOO

(JEAN-BAPTISTE)

222 — *Portrait de femme en riche costume de la Régence, robe brodée d'or, manteau rouge.*

Cadre ancien.

WEERENDAEL

223 — *Bouquet de fleurs autour duquel voltigent des papillons et une montre sur une console.*

Signé et daté 1682.
Grande finesse de touche

WATTEAU

224 — *Singes musiciens dans des rinceaux et attributs.*

WOUWERMANS

(PIERRE)

225 — *Une Halte.*

Composition de nombreuses figures et animaux

WYLD

226 — *Paysage.*

Aquarelle.

ÉCOLE FRANÇAISE

227 — *Enfants jouant avec des fleurs au milieu de la campagne.*

ÉCOLE FRANÇAISE

228 — *La Balançoire.*

ÉCOLE FRANÇAISE

229 — *Portrait en buste d'un jeune seigneur en costume d'officier de gardes du corps.*

ÉCOLE FRANÇAISE

230 — *Les Travaux des champs.*

ÉCOLE FRANÇAISE

231 — *Portrait en buste de seigneur, en costume noir et collerette blanche.*

ÉCOLE FRANÇAISE

232 — *Une Fête à Florence.*

ÉCOLE FRANÇAISE

233 — *La Vierge de la délivrance.*

Gravure.

ÉCOLE FRANÇAISE

234 — *Portrait de femme Louis XV, en robe bleue.*

Cadre ancien

ÉCOLE FRANÇAISE

235 — *Portrait de femme en costume de cour, robe bleue brodée d'or, manteau de velours grenat.*

Cadre ovale ancien en bois sculpté

236 — Objets non catalogués.

www.ingramcontent.com/pod-product-compliance
Ingram Content Group UK Ltd.
Pitfield, Milton Keynes, MK11 3LW, UK
UKHW020513180726
13839UKWH00005B/2053

9 782329 444819